Jennifer Couëlle

Mon meilleur meilleur ami

ILLUSTRÉ PAR
JOSÉE BISAILLON

RACONTÉ PAR
FRANÇOISE DIEP

« Conter fleurette »

Planète rebelle

Fondée en 1997 par André Lemelin,
dirigée par Marie-Fleurette Beaudoin depuis 2002
7537, rue Saint-Denis, Montréal (Québec) H2R 2E7 CANADA
Téléphone : 514. 278-7375 – Télécopieur : 514. 373-4868
Adresse électronique : info@planeterebelle.qc.ca
www.planeterebelle.qc.ca

Illustrations : Josée Bisaillon
Révision : Janou Gagnon
Correction d'épreuves : Renée Dumas
Conception de la couverture : Marie-Eve Nadeau
Mise en pages : Marie-Eve Nadeau
Impression : Transcontinental Métrolitho

Les éditions Planète rebelle remercient le Conseil des Arts du Canada de l'aide accordée
à leur programme de publication, ainsi que la Société de développement des entreprises
culturelles du Québec (SODEC) et le « Gouvernement du Québec – Programme de
crédit d'impôt pour l'édition de livres – Gestion SODEC ». La maison d'édition remercie
également le ministère du Patrimoine canadien du soutien financier octroyé dans le
cadre de son « Programme d'aide au développement de l'industrie de l'édition (PADIÉ) ».

Distribution en librairie : Diffusion Prologue
1650, boul. Lionel-Bertrand, Boisbriand (Québec)
J7H 1N7 CANADA
Téléphone : 450. 434-0306 – Télécopieur : 450. 434-2627
www.prologue.ca

Distribution en France : DNM – Distribution du Nouveau Monde
30, rue Gay-Lussac, 75005 Paris
Téléphone : 01 43 54 50 24 – Télécopieur : 01 43 54 39 15
www.librairieduquebec.fr

Dépôt légal : 3e trimestre 2011
Bibliothèque et Archives nationales du Québec
Bibliothèque et Archives Canada
ISBN : 978-2-923735-24-5

pour mon père qui m'a appris à jouer

Sales couleurs !

Arlequin habite tout en haut d'un escalier.

Son humeur est à l'image de son habit :
gaie et colorée.

Or, Oiseau gris,
son voisin de palier,
le croit toqué.

Parfaitement piqué.

Il faut dire qu'Oiseau gris s'ennuie,
et qu'à force de voir s'éclater
son voisin de palier...

Mais de tout cela, Arlequin ne sait rien.
Il a la tête dans les nuages et le pas léger.
Depuis qu'il est né, sa devise est *jouer*.
Jouer pour être gai.

Au printemps, il fait le guet devant le parterre
de tulipes de la maison d'un grand artiste.
Et si un galopin songe à y cueillir un bouquet,
Arlequin l'éloigne au pas d'un joyeux

cha-cha-cha.

L'été, en désherbant les jardins
du quartier, Arlequin fabrique
des colliers de pissenlits
sertis de fleurs de lobélies.

L'automne, il ratisse dans un parc
des montagnes de feuilles rouges.
Il y saute à pieds joints,
s'y enfonce jusqu'au cou,
regarde le ciel et crie :

Coucou !

L'hiver,
Arlequin porte un pull
à losanges multicolores
par-dessus son habit
à losanges multicolores.
Il n'est pas compliqué.

Son pull enfilé,
il part déneiger voitures et entrées.
Mais pas trop.
De la neige, il en laisse toujours assez
afin d'y dessiner des paysages
avec les pieds.

— Coquin ! Vous êtes un coquin, Arlequin,
croasse sur le pas de sa porte Oiseau gris.

— Ah ! bonjour, Oiseau gris !
répond Arlequin qui souffle des bulles de savon sur le palier.
L'une d'entre elles vient se poser sur la tête d'Oiseau gris.

Puis, Arlequin entreprend de compter les marches
menant tout en bas à la porte d'entrée.
« ... vingt-cinq, vingt-six et ... hop ... vingt-sept !
Le compte est bon, l'ami ! »

Agacé, Oiseau gris gratte ses plumes du bout de son long bec,
puis referme sa porte d'un coup sec.

Ce soir-là, picorant sa semoule de sarrasin,
Oiseau gris entend Arlequin monter les marches
à reculons. Inutile de regarder. Tous les soirs,
c'est la même histoire : Arlequin fait le malin !

Mais Oiseau gris étant Oiseau gris, à la 23e marche,
il ne tient plus. Il se rue sur le palier.

M'enfin !

Non seulement Arlequin monte-t-il à reculons,
mais toc, toc, en jonglant !

— Vous avez vu ça, Oiseau gris ?
Pas une balle qui m'ait échappé. J'ai gagné mon pari !
— Un pari ? Avec qui ?
— Avec mon autre moi-même, rit Arlequin.
Mon premier moi-même a dit que je réussirais
à monter les marches à reculons et en jonglant,
mais le second a parié que je n'y arriverais pas...
Puis voilà que j'ai réussi !
— Pour ça...
— Mmm ! Ça sent bon chez vous, l'ami...
En vous souhaitant le bon appétit !

Et Arlequin, sifflotant, pousse la porte de chez lui.

Oiseau gris reste un moment songeur sur le palier.
« Mais pourquoi diable est-il si enjoué ?
Tous les jours, le soleil se lève et se couche,
il n'y a pas de quoi se régaler ! »

Cette nuit-là, Oiseau gris dort d'un sommeil agité.
Il rêve…

Tandis qu'Arlequin sommeille paisiblement dans son lit,
Oiseau gris s'immisce dans la chambre de son voisin,
repère son habit multicolore et découd de son long bec
chacune des couleurs.

La besogne accomplie, Oiseau gris range son butin
dans une petite valise qu'il s'empresse
de rapporter chez lui.

Il se trémousse…

« Oh là là !
Quelle joie,
quelle joie !
Voyons à présent si,
sans couleurs,
Monsieur Arlequin
fait toujours
le malin ! »

Oiseau gris
regagne
sur la pointe
des pattes
le logis
de son voisin
et se glisse
sans bruit
sous son lit.

Le jour se lève et
Arlequin s'étire
longuement.

— Bonjour le jour !
entonne-t-il,
enfilant un habit aussi blanc
qu'Oiseau gris est gris.

« Il n'a rien vu, il est encore
à moitié endormi »,
se rassure Oiseau gris
sous le lit.

— *Le soleil a rendez-vous avec la luuune,*
chante Arlequin, versant son chocolat.

Sacrebleu !

s'énerve Oiseau gris qui a une folle envie de pipi.

Quand Arlequin passe enfin à la salle de bains
pour sa toilette du matin,
Oiseau gris le suit. « Cette fois, ça y est ! »

Mais devant la glace,
Arlequin se lave le visage, les oreilles,
les dents, sans le moindre étonnement.
Puis avec son reflet,
il esquisse un délicieux pas de deux...

Arlequin est joyeux.

Oiseau gris est furieux.

HORS DE LUI !

C'est alors qu'il ouvre grand les yeux...
« Quel sale cauchemar ! »
marmonne-t-il en sautant de son lit pour courir faire pipi.

Ce matin-là, lorsque Oiseau gris rencontre
sur le palier Arlequin, il se sent tout petit.

— Atchoum !
— Ah ! bonjour, Oiseau gris !
— Atchoum !
— À vos souhaits !
— Euh... Vous ne soufflez pas de bulles, ce matin ?
— J'avais plutôt envie de billes.
— Atchoum ! Atchoum !
— À vos souhaits ! À vos souhaits !
— Euh... de billes, dites-vous ?

Arlequin tend une poignée de billes à son voisin.

Oiseau gris plonge son bec dans ses plumes... toussote...
fait mine d'éternuer... puis dit :

Merci, l'ami !

Et, pour la première fois...
Oiseau gris... joua.

Monstre Monstre

Dans la maison de Malika, il y a exactement
103 peluches.

Avant, il y en avait 110, mais un jour, la maman de Malika
en fit disparaître 7. Quand Malika s'en aperçut, il y eut
des pleurs, des cris et d'interminables bouderies.

— Tu n'avais pas le droit, maman !
— Elles étaient si usées, ma pauvre chérie,
elles n'étaient plus que chiffons...
— Ça ne fait rien, elles étaient à moi,
et je les aimais pour la vie !
— Elles sentaient mauvais, ma biche...
— Tu n'avais qu'à les laver !

Se privant tour à tour de gâteaux,
de mousse au chocolat et de sorties au cinéma,
Malika mit beaucoup de temps à pardonner
à sa maman.

Mais Malika n'oublia pas.

Depuis ce sombre événement,
tous les jours, en rentrant de l'école,
elle prend les présences.
« Mano, Kali, Fidel,
Lapinou, Sosso... »,
décline-t-elle.

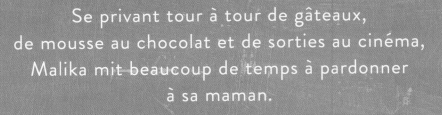

Une fois la 103ᵉ peluche comptée,
Malika, rassurée, prend son goûter.

Hormis les séances quotidiennes
de prise de présence,
tout semble rentré dans l'ordre
dans la maison de Malika.
La cuisine embaume les oignons rissolés et
Malika mange tous les soirs sa part de dessert.

Or, aujourd'hui, tandis qu'elle dénombre
ses lapins, ses oursons, ses manchots
et ses crocos, Malika pousse un cri :
une petite boule bleue et peluchée la regarde
droit dans les yeux en lui souriant,
pas une fois, mais deux !

— Oh ! Qui es-tu ?
— Monstre. Monstre.
— Que fais-tu là ?
— Ce sont les fées qui m'ont envoyé.
Ce sont les fées qui m'ont envoyé.
— Les fées ? Pourquoi ?
— Pour te consoler d'avoir perdu tes peluches cracra.
Pour te consoler d'avoir perdu tes peluches cracra.
— Mais pourquoi tu répètes tout comme ça ?
— Parce que j'ai deux bouches, comme tu vois.
Parce que j'ai deux bouches, comme tu vois.
— Oh là là ! Tu me donnes le tournis.
— Désolé. Désolé.

Malika, qui n'avait jusqu'alors
jamais entendu parler une peluche,
est très impressionnée.

— Que vas-tu faire maintenant ?
— Jouer avec toi. Jouer avec toi.
— Et après ?
— Tu ne devrais pas me poser tant de
questions si tu ne veux pas avoir le tournis.
Tu ne devrais pas me poser tant de
questions si tu ne veux pas avoir le tournis.
— Mais pourquoi as-tu deux bouches ?
— Parce que je suis un monstre.
Parce que je suis un monstre.

Et l'après-midi se déroule
tranquillement jusqu'au soir,
comme si de rien n'était.

Quant au dîner,
il dure une éternité
pour Malika
qui meurt d'envie
de retrouver
la boule bleue
sous son lit.

Une fois les bisous de bonne nuit distribués,
Monstre Monstre bondit hors de sa cachette
et atterrit sur l'oreiller.
Il roule tout près de l'oreille gauche de Malika
et se met à chuchoter.
« Il était une fois sur une autre planète.
Il était une fois sur une autre planète.
Une jeune et jolie monstrette…
Une jeune et jolie monstrette… »

— Monstre Monstre ?
— Oui ? Oui ?
— Sais-tu ce qui est arrivé à mes peluches ?
— Lesquelles ? Lesquelles ?
— Tu sais bien, celles que maman a fait disparaître !
— Ah ! les cracra… Ah ! les cracra…
— Ce n'est pas gentil de dire ça !
Elles n'étaient pas cracra, elles étaient fatiguées,
c'est tout.

Et Malika tourne le dos à la boule bleue.
Et la boule bleue réfléchit.

— Malika ? Malika ?

— ...

— OHÉ ! MALIKA !
OHÉ ! MALIKA !

— Chut, pas si fort !

Monstre Monstre roule cette fois
près de l'oreille droite de Malika
et se remet à chuchoter :
« Tu as raison, Malika,
tes peluches étaient fatiguées,
c'était le temps pour elles de s'en aller.
Mais elles n'étaient pas tristes ;
au contraire, elles étaient
pleines d'amour.
Tu les a tant cajolées,
trimballées et
serrées contre toi
qu'aujourd'hui,
elles se sentent aimées,
où qu'elles soient. »

Et avant que Monstre Monstre
n'ait le temps de se répéter,
Malika l'interrompt.

— Tu crois que maman va recommencer ?
— Recommencer ? Recommencer ?
— À faire disparaître mes peluches...
— Elle ne le fera pas sans toi.
Elle ne le fera pas sans toi.

Monstre Monstre contourne
la tête de Malika et roule
de nouveau près de
son oreille gauche.

— Tu joues souvent avec tes peluches ?
Tu joues souvent avec tes peluches ?
— Voyons, Monstre Monstre, je ne suis plus un bébé !
— Mais il y a encore des peluches
qui dorment près de toi, non ?
Mais il y a encore des peluches
qui dorment près de toi, non ?
— Oui, il y en a cinq :
Monsieur Rémi, Albert, Altrus, Petit Ours
et Poisson papillon !
— Et les autres attendent leur tour ?
Et les autres attendent leur tour ?
— Pas vraiment...
— Je comprends. Je comprends.
On se dit bonne nuit, alors ?
On se dit bonne nuit, alors ?
— Bonne nuit, Monstre Monstre.
— Dors bien, Malika, à demain.
Dors bien, Malika, à demain.

Le lendemain matin,
alors que Monstre Monstre ronfle ronfle
sous son lit, Malika retrouve sa maman
dans le jardin.

— Tu sais, maman,
on pourrait peut-être envoyer
quelques peluches dans des maisons
où il y a des bébés…
— Ah ! oui ?
— Oui, comme ça,
elles n'auraient pas besoin de disparaître,
seulement de déménager.
— Tu en as vraiment envie ?
— Oui, oui, je suis grande maintenant,
et 103 peluches,
ça fait quand même beaucoup…
— C'est d'accord, ma biche,
mais à condition que ce soit
toi qui fasses le tri.

— Je veux bien.
— Je suis fière de toi,
    Malika.

Lorsque Malika regagne sa chambre
pour s'habiller,
elle n'entend plus ronfler ronfler.
Monstre Monstre n'est plus sous son lit.

Il n'est pas sous sa commode
ni même dans sa penderie.

Elle met sens dessus dessous sa montagne de peluches,
mais il n'y en a que 103…

Monstre Monstre a disparu !

Malika aperçoit alors sur son oreiller
un papier coloré.
Dessus, une boule bleue lui sourit,
pas une fois, mais deux…

C'est le portrait de
Monstre Monstre !

Malika s'assoit sur son lit.
Elle pense aux deux bouches
de Monstre Monstre. Puis…

— Malika, il y a école, ma chérie,
dépêche-toi !
— J'arrive, maman ! J'arrive, maman !

Achevé d'imprimer en juillet 2011
sur les presses de Transcontinental Métrolitho

Imprimé au Canada · Printed in Canada